Louis

Sophie
part en orbite

Illustrations
de Marie-Louise Gay

la courte échelle

Les éditions de la courte échelle inc.
5243, boul. Saint-Laurent
Montréal (Québec) H2T 1S4
www.courteechelle.com

Direction artistique:
Annie Langlois

Révision:
Sophie Sainte-Marie

Conception graphique de l'intérieur:
Derome design inc.

Mise en pages:
Mardigrafe

Dépôt légal, 3e trimestre 2003
Bibliothèque nationale du Québec
Copyright © 2003 Les éditions de la courte échelle inc.

La courte échelle reconnaît l'aide financière du gouvernement du
Canada par l'entremise du Programme d'aide au développement de
l'industrie de l'édition pour ses activités d'édition. La courte échelle
est aussi inscrite au programme de subvention globale du Conseil
des Arts du Canada et reçoit l'appui du gouvernement du Québec
par l'intermédiaire de la SODEC.

La courte échelle bénéficie également du Programme de crédit d'impôt·
pour l'édition de livres — Gestion SODEC — du gouvernement du
Québec.

Catalogage avant publication de Bibliothèque et Archives Canada

Leblanc, Louise

   Sophie part en orbite

   (Premier Roman; PR137)

   ISBN 2-89021-670-5

   I. Gay, Marie-Louise.   II. Titre.   III. Collection.

PS8573.E25S66   2003   jC843'.54   C2003-940865-5
PS9573.E25S66   2003
PZ23.L42So   2003

Imprimé au Canada

Louise Leblanc

Née à Montréal, Louise Leblanc a d'abord enseigné le français, avant d'exercer différents métiers: mannequin, recherchiste, rédactrice publicitaire. Elle a aussi fait du théâtre, du mime, de la danse, du piano et elle pratique plusieurs sports.

Depuis 1985, elle se consacre à l'écriture. Sa série Léonard, publiée dans la collection Premier Roman, fait un malheur auprès des jeunes amateurs de vampires. *Deux amis dans la nuit*, le deuxième titre de la série, a d'ailleurs remporté le prix du livre de jeunesse Québec/Wallonie-Bruxelles 1998. Son héroïne Sophie connaît aussi un grand succès. En 1993, Louise Leblanc obtenait la première place au palmarès des clubs de la Livromagie pour *Sophie lance et compte*. Plusieurs titres de cette série sont traduits en anglais, en espagnol, en danois, en grec et en slovène. Louise Leblanc est également auteure de nouvelles et de romans pour les adultes, dont *37$^{1}/_{2}$AA* qui lui a valu le prix Robert-Cliche, et elle écrit pour la radio et la télévision.

Marie-Louise Gay

Née à Québec, Marie-Louise Gay a étudié à Montréal et à San Francisco. Depuis plus de vingt ans, elle écrit et illustre ses propres albums. Elle est également l'auteure de plusieurs pièces de théâtre pour les jeunes, dont *Qui a peur de Loulou?* et *Le jardin de Babel*, pour lesquelles elle a créé les costumes, les décors et les marionnettes. Son talent dépasse les frontières du Québec, puisque l'on retrouve ses livres dans plusieurs pays dans le monde. Elle a remporté de nombreux prix prestigieux dont, en 1984, les deux prix du Conseil des Arts en illustration jeunesse, catégories française et anglaise, et, en 1987 et en 2000, le prix du Gouverneur général.

De la même auteure, à la courte échelle

Collection Albums
Le chevalier de l'alphabet

Collection Premier Roman

Série Sophie:

Série Léonard:

Louise Leblanc

Sophie
part en orbite

Illustrations
de Marie-Louise Gay

la courte échelle

1
Sophie veut étudier Internet

En ouvrant l'oeil, je me dresse dans mon lit comme un ressort. Le coeur battant, je me demande pourquoi je suis si énervée. Ah oui! Hier, il s'est passé un événement extraordinaire à la maison.

Mes parents sont enfin entrés dans le vingt et unième siècle: ils se sont branchés sur Internet.

Il était temps, fiou. Mes amis ne me prenaient plus au sérieux. Surtout Clémentine, qui se croit une grande internaute.

Le problème, c'est que mes frères aussi sont entrés dans le vingt et unième siècle. Je dois occuper la place avant eux. Maintenant!

Je sors de ma chambre et je descends l'escalier à pas d'oiseau. Personne au rez-de-chaussée. Je file au sous-sol… Et là, je reçois un choc. Mes frères ont eu la même idée que moi. Je n'en reviens pas!

C'est la bagarre entre eux pour s'asseoir devant l'ordinateur. Chacun tire un bras de la chaise, qui sursaute par à-coups.

— J'ai une guerre à terminer, crie Laurent.

— J'ai rendez-vous avec Tintin, hurle Julien.

Si je tente de les séparer, ce sera pire. Le meilleur moyen de les arrêter est d'imiter la grosse voix de mon père:

— Ça suffit, les enfantillages!

Sous l'effet de la surprise, ils lâchent prise et partent à la renverse. J'en profite pour m'emparer de la chaise. Je m'assois illico et je glisse vers l'appareil.

Le temps de l'allumer, mes frères ont réagi. Ils ballottent la chaise en vociférant:

— On était là avant toi!

— Pas devant l'ordinateur, dis-je calmement.

Ils me secouent de plus belle. Je ne suis plus qu'un pantin. Mes bras volent et accrochent Julien au passage. Il se met à pleur-nicher:

— Tu n'es pas gentille, snif, et tu vas le regretter.

Il s'enfuit avant que je puisse me défendre. Laurent me saute dessus, et c'est la bataille entre nous.

Au plus fort de notre lutte, Julien réapparaît avec les parents.

— Assez! crie mon père.

Laurent et moi, on s'arrête net.

— Qu'est-ce que ce chahut à cinq heures du matin? Tout le monde dans sa chambre!

Je proteste aussitôt:

— Laisse-moi au moins t'expliquer ce...

— Pas un mot de plus, dit ma mère sur un ton sans réplique.

On entend alors un hurlement:

— ANAAAN!

Ma petite soeur Bébé-Ange s'est réveillée et elle exige sa purée de banane.

C'est la goutte de trop pour mes parents. On en subit les conséquences un peu plus tard. Ils nous confisquent l'ordinateur pour la fin de semaine. Et ils établissent des règles strictes pour le reste de notre vie.

Désormais, chacun aura droit à une période de vingt minutes par jour.

— Finies les disputes, déclare ma mère. Il n'y aura pas de guerre ici à cause d'Internet.

— Vous ne deviendrez pas des zombis, nous avertit mon père.

Vous allez me faire le plaisir de sortir. Ouste, dehors!

Le plaisir? Un ordre, oui!

Mes frères obéissent sans rechigner. Ils n'ont pas refermé la porte qu'ils commencent à jouer... à la guerre. Ce qui ne semble pas déranger mes parents.

Incroyable!

Je ne dis rien afin d'avoir la paix. Je dois réfléchir si je veux sauver ma journée de l'ennui...

Mamie! Elle est toujours contente de me voir. Puis j'y pense, elle est branchée sur Internet! Et elle ne s'en sert presque pas. Je crois qu'elle est trop vieille pour en comprendre l'utilité.

Je téléphone à Mamie et je me plains de mon sort. Et ça marche! Elle propose de venir me chercher.

J'accepte son offre à la condition que je puisse étudier Internet.

Vous savez ce qu'elle me répond?

— Je veux bien te donner un cours, mon p'tit chou.

Grrr… On a passé l'après-midi à explorer des sites ennuyants à mourir…

* * *

À l'école, le lundi, mes amis ne parlent que de leurs aventures dans Internet.

Nicolas Tanguay, le fils du dépanneur, s'est amusé à faire des achats imaginaires:

— Débile, tout ce qu'on peut commander. J'aurais pu dépenser des milliers de dollars, dit-il en nous offrant des bonbons.

Des poissons rouges à la cannelle! Mes préférés. J'arriverai peut-être à supporter leurs vantardises. Clémentine prétend qu'elle a consacré six heures à effectuer des recherches scientifiques:

— Je suis partie à la découverte des origines de l'homme.

Elle me fatigue! Puis je ne la crois pas.

— Cela t'a pris six heures pour découvrir que l'homme descend du singe.

Et toc! la p'tite parfaite.

— Tu sauras, ma chère, qu'il descend du poisson.

Pierre Lapierre et Nicolas Tanguay se moquent d'elle. Ils ouvrent la bouche et happent l'air avec des yeux exorbités.

— Je ne sais même pas nager, rigole Tanguay en gobant un poisson rouge.

— Tu viens de manger un homme, s'esclaffe Lapierre.

Je les laisse à leurs niaiseries et je jette un hameçon à Clémentine. Je suis sûre qu'elle ment.

— Alors tu ne peux pas me renseigner. Tu ne connais rien aux sites de clavardage.

Elle mord à l'hameçon.

— Mais si! Je les ai tous visités. Le plus chouette, c'est Cyberami. Il y a des tas de garçons et…

Elle s'arrête, consciente de s'être trahie. Elle devient plus rouge qu'un poisson à la cannelle.

— Il y a mieux à découvrir dans Internet, déclare Lapierre, le dur de la bande.

Tanguay s'exclame, tout excité:

— Ouais! Par exemple, comment fabriquer des bombes. Boum!

Je suis scandalisée:

— Tu ne trouves pas qu'il y en a assez dans le monde, Tanguay!

— Et tes parents ne disent rien? s'étonne Clémentine. Ils ne te surveillent pas?

— Vous êtes vraiment tartes, ricane Lapierre. C'est facile de régler le cas des parents. Il suffit de naviguer le soir, après qu'ils sont couchés.

Mais oui! Voilà la solution idéale! Elle vaut autant pour mes frères que pour mes parents. À moi Internet!

2
Sophie part en orbite

Le plan de Lapierre est peut-être bon, mais il n'est pas si facile à appliquer.

Hier, je me suis endormie avant que mes parents se couchent. Je n'ai eu que mes vingt minutes réglementaires. Pas une seconde de plus. Laurent attendait son tour à côté de moi, montre en main.

Je suis allée directement sur le site préféré de Clémentine. Ma période a passé à le découvrir. Ce n'est pas évident, fiou! Les messages sont bourrés d'abréviations et de fautes d'orthographe. On dirait une langue étrangère.

Aujourd'hui, je suis prête à faire mon entrée. J'ai composé une petite présentation dans le style de Cyberami, mais assez fidèle à ma personnalité. Bon, j'ai triché un peu. Je me suis vieillie pour écarter les bébés de mon âge. Alors voilà:

S.t.m! (Vous savez évidemment que ça signifie «salut, tout le monde!») *Cybercool de 13 a., curieuse, prête à discuter et à rigoler. En orbite à 17 h tous les jours. Attends réponses honnêtes... Signé: Fisso.*

J'ai inversé les syllabes de mon nom parce que je ne veux pas être reconnue pour l'instant. Et il doit y avoir au moins cent Sophie sur Cyberami.

Dix-sept heures! L'heure de ma période. Vite! Je déloge Julien

sans ménagement. Il s'éloigne en radotant: «Tu n'es pas gentille! »

Zoom sur Cyberami. Je tape mon entrée, le coeur battant. Puis je scrute les nouveaux messages...

Youpi! Quelqu'un me répond.

Salut Fisso! Mess. reçu. Prêt à rigoler aussi. Déjà:-@. Tu me files ton tél. et on part en orbite quand tu veux. De Grobisou. P. S.:;-)

Je décode les symboles: il est déjà mort de rire, il veut mon numéro de téléphone et il termine par un clin d'oeil.

Il me prend pour qui, ce Grobisou? Il croit sans doute que… Un autre message à mon nom! Et celui-là est intéressant.

Il vient d'un garçon qui signe 007. Il a treize ans! Et il veut en savoir plus à mon sujet. C'est peut-être le début d'une amitié. Je lui réponds aussitôt…

Quelques secondes plus tard, je reçois un choc terrible. 007 me traite de petite menteuse. Il prétend que je n'ai pas treize ans. J'ai honte! Une chance que je navigue incognito.

J'ai aussi le coeur gros, l'impression d'avoir été trahie. Plus personne ne me prendra au sérieux. Je dois me présenter sous un nouveau faux nom.

Et puis non! Je sens la colère monter en moi. Je vais lui dire ma façon de penser, au double zéro.

Je me prépare à lui écrire quand un texte attire mon attention. Quelqu'un me défend et attaque 007. Puis il m'envoie un clin d'oeil.

Fiou, je suis impressionnée par lui. Il s'appelle d'Artagnan! Comme le héros des mousquetaires. Je me demande si c'est son vrai nom. En tout cas, je suis toute ragaillardie. Je le remercie et on commence à clavarder ensemble. Je vous jure que c'est quelqu'un…

— Ton temps est fini, ma vieille!

Laurent! Je l'avais oublié. Je lui dis gentiment:

— Tu peux attendre une minute, oui!

— Non! Tu décolles où je hurle.

Si je ne réponds pas à d'Artagnan, je vais le perdre. Il croira qu'il ne m'intéresse plus. Je propose un marché à Laurent.

— Tu m'accordes cinq minutes et je te les remets demain.

Laurent réfléchit et profite de la situation:

— Cinq minutes contre toute ta période de demain. C'est à prendre ou à laisser.

Scandaleux! Laurent est vraiment une crapule! J'accepte en lui ordonnant de déguerpir. Je n'ai pas envie qu'il m'espionne, parce que je donne rendez-vous à d'Artagnan à minuit.

Cette fois, je ne passerai pas tout droit. Je vais mettre mon réveille-matin.

3
Sophie retombe sur terre

À moitié endormie, je songe à d'Artagnan. Deux soirs que je le retrouve à minuit. Il est devenu mon meilleur ami. C'est vraiment un garçon exceptionnel.

— Sophie! lance une voix au loin...

On a les mêmes idées sur tout: l'école, les parents, la vie, quoi. On aimerait faire des tas de choses ensemble.

— SOPHIE! Qu'est-ce que tu fabriques? Tu...

La voix se rapproche. C'est celle de mon père! Il apparaît à la porte de ma chambre avant que j'aie le temps de sauter du lit.

— Encore couchée! Tu as vu l'heure! Ça ne va pas, Sophie!

Il part en me menaçant de différentes punitions. Ça me rapproche de d'Artagnan. Chez lui aussi, il doit obéir aux ordres, comme à l'armée.

Cinq minutes plus tard, j'arrive à la porte de la maison. Toute la famille éclate de rire. Je n'y comprends rien jusqu'à ce que je passe devant le miroir de l'entrée. Un épouvantail! Dans ma hâte, je me suis habillée n'importe comment.

— En quoi es-tu déguisée? demande Julien.

— En pizza toute garnie, s'esclaffe Laurent.

Mon père ajoute son grain de sel.

— Voilà ce qui se produit quand on traîne au lit. Je crois que demain tu te lèveras plus tôt.

Si j'étais une pizza, je me jetterais sur lui et je lui mettrais de la sauce tomate partout.

* * *

À l'école, je produis le même effet sur mes amis. Je leur explique la situation, sans parler de d'Artagnan. Ils se moqueraient de moi, c'est certain. Je les entends: «Sophie est amoureuse!» Gnian-gnian.

— Vas-y mollo! me conseille Tanguay en se goinfrant de chips. Tu n'es pas obligée de te lever toutes les nuits.

— Ouais, approuve Lapierre. Surtout pour papoter avec des menteurs qui disent des niaiseries.

Clémentine lui répond du tac au tac:

— Il y a moins de niaiseries que si tu étais là, Lapierre. Allez viens, Sophie.

Clémentine m'épate. Et pour une fois, elle ne fait pas sa p'tite parfaite. Elle m'avoue qu'elle fréquente Cyberami tous les jours.

Les yeux brillants d'excitation, elle me demande:

— Comment est-ce, la nuit?

Je vais l'épater à mon tour:

— Plus intéressant, évidemment. Tu comprends, les internautes sont plus vieux.

Je regrette aussitôt mes paroles. Vous savez ce qu'elle me sort?

— J'ai le goût d'essayer, moi aussi. On pourrait clavarder ensemble.

Je n'ai pas envie de l'avoir dans les pattes. Puis je ne me lèverais pas la nuit pour parler avec elle. Je dois lui enlever cette idée.

Je lui énumère toutes les difficultés qui l'attendent.

— C'est compliqué à organiser. D'ailleurs, je vais arrêter. Je n'arrive plus à étudier, je suis trop fatiguée. Je n'ai pas hâte au prochain bulletin, fiou.

Clémentine reste bouche bée… Je crois qu'elle va hésiter, la souris, avant de sortir de son trou la nuit.

En classe, je me rends compte que je ne lui ai pas menti. Je sens mes paupières se fermer. Et Mme Cantaloup est tellement endormante que... je... m'endors...

Je marche sur une route ensoleillée. D'Artagnan apparaît sur un beau cheval blanc. Il galope vers moi, puis il me soulève au passage et m'emporte loin de...

— SOPHIE!

— Ouiiiii, d'Artagnan...

Je suis réveillée par un tonnerre de rires, et ramenée à l'école par Mme Cantaloup:

— Tu auras besoin des quatre mousquetaires pour sauver ton examen.

L'examen de mathématiques! Je l'avais oublié!

* * *

La journée a été longue. Et l'examen aussi. En le parcourant, j'avais l'impression de lire du chinois. J'ai fini la dernière.

Dans l'autobus qui me ramène à la maison, je compare mes réponses à celles de Clémentine. Aucune n'est pareille. D'après elle, j'ai tout faux. Et devant mes résultats, elle me fait part de sa décision:

— Je ne me lèverai pas la nuit. Puis j'ai rencontré un garçon formidable avec qui je corresponds le jour.

Quelle égoïste! Je dois me débrouiller seule avec mes problèmes.

Je descends de l'autobus en me préparant à mentir à ma mère. Dès mon arrivée, elle s'informe d'un air angoissé:

— Alors, cet examen?

— Super facile! J'ai tout bon!

Elle semble avaler mon mensonge.

— Il faut quand même que tu étudies un peu plus, Sophie. Tes autres notes ne sont pas fameuses.

Je l'avertis sur un ton agressif:

— Tu ne me couperas pas ma période d'Internet!

— Bien sûr que non, s'étonne ma mère. D'ailleurs, j'avais pensé qu'on pourrait naviguer ensemble.

Ah non, par exemple! Je sens monter en moi des bulles de révolte. Elles éclatent:

— J'en ai assez d'être surveillée! Je ne suis plus un bébé! Je suis aussi vieille qu'une fille de treize ans!

— Treize ans, bredouille ma mère, abasourdie.

Quelle idiote je suis! Je ne dois pas la laisser m'interroger.

— Si tu ne comprends pas, c'est inutile que j'essaie de t'expliquer.

Je me sauve au sous-sol en espérant qu'elle ne me suivra pas. Il est dix-sept heures moins une. Je l'entends marcher vers l'escalier. Elle s'arrête... puis rebrousse chemin. Fiou...

Dix-sept heures! Je veux déloger Julien, mais il résiste. Pour éviter d'alerter ma mère, je ne crie pas. Je serre les dents et je lui jette un regard de tueuse en série. Il s'enfonce dans le dossier de la chaise:

— Tu me fais peur, Sophie! On dirait que tu es quelqu'un d'autre.

Il s'enfuit en lançant:

— Tu n'es plus ma soeur!

Je m'en fous complètement. Je n'ai qu'une idée: retrouver d'Artagnan. Il est devenu plus important que mes frères.

Zoom sur Cyberami. Premier tour en ligne. Aucune trace de d'Artagnan. J'ai un pincement au coeur.

Le temps file, les messages défilent, et toujours pas de d'Artagnan. Je suis de plus en plus abattue. Je fixe l'écran où passent des noms sans intérêt: *Ouistiti... Bella... Grobisou... D'Artagnan...*

D'Artagnan! Son message est un rayon de soleil.

— *D'Artagnan appelle Fisso.*

Je lui réponds et on échange à haute vitesse.

— Dure journée à cause exa-men. Fisso.

— Dure journée aussi. D'Ar-tagnan.

— Parents et prof sur mon dos. Plus deux frères qui me détestent. Lourd à porter toute seule. Fisso.

— Parents pareils, même com-bat. Il faudrait se rencontrer pour en discuter. D'Artagnan.

Il veut me voir! Un électrochoc! Je ne sais pas quoi répondre…

— Ta période est finie, ma vieille.

Mon frère Laurent! Je tape sans réfléchir:

— Surveillée. Réponse de-main. Fisso.

Je cède ma place à Laurent, plongée dans un tourbillon de pensées et d'émotions. J'aime-rais rencontrer d'Artagnan, c'est certain. D'un autre côté, c'est impossible. Il y aurait trop d'obstacles à surmonter.

Au moment du repas, je suis toujours aussi perdue. Je n'ai aucun plan. Je mange en silence pour me faire oublier, mais c'est inutile. Même si j'étais invisible, mon père me verrait. Il me demande:

— Pourquoi as-tu cet air enragé, Sophie?

— Ce n'est pas Sophie, marmonne Julien.

— Tu devrais être contente, insiste mon père. Tu as réussi ton examen, non?

Qu'est-ce qu'il avait besoin de me rappeler mon échec! Je n'y pensais plus. En dedans de moi, je crie: «Fichez-moi la paix avec cet examen!»

— Fichez-lui la paix avec cet examen!

Je crois rêver. Mon frère Laurent qui prend ma défense! C'est louche. Il va me réclamer quelque chose en retour.

En tout cas, son intervention est efficace. La soirée se passe sans que personne m'adresse la parole.

4
Sophie doit dire la vérité

Le lendemain matin, samedi, je traîne au lit le plus longtemps possible.

Je descends à la cuisine en espérant que personne ne s'y trouve. Grrr... Je découvre mon père en train de dépecer un gros poisson. Beurk!

— Je crois que tu seras contente! s'exclame-t-il.

Pourquoi mon père veut-il toujours que je sois contente? Une obsession. Il sait pourtant que je déteste le poisson.

— Mamie a téléphoné, dit-il tout joyeux. Elle t'invite à

passer la fin de semaine chez elle.

C'est l'explosion dans ma tête. Mamie! Elle ne refuse jamais de m'aider! Elle va tout arranger. Et je pourrai rencontrer d'Artagnan! Youpi!

Évidemment, je ne laisse rien paraître.

— Si tu es d'accord, n'attends

pas pour la rappeler, me conseille mon père.

Je lui réponds sans enthousiasme:

— Ouais, bon, si tu y tiens.

— Parfait! se réjouit-il.

Au fond, pour le rendre heureux, il suffit que je lui obéisse. Comme à un dictateur. Il abat son hachoir sur le pauvre poisson et lui tranche la tête d'un coup. Un dictateur sans pitié.

* * *

Je me sens bien chez Mamie. Elle est formidable. Elle prépare des frites pour le repas. Miam! Et elle me laisse libre.

— Tu peux écouter la télé ou t'amuser dans Internet, Sophie.

— Je préfère discuter avec toi, Mamie.

Je n'ai qu'une envie: lui parler de mon projet. Je prépare subtilement le terrain:

— Si tu n'étais pas là, je ne sais pas ce que je deviendrais. Une prisonnière! J'étouffe à la maison.

— Tu vas à l'école tous les jours, Sophie!

— J'ai besoin de m'évader ailleurs, Mamie! C'est pour ça que je mène une double vie la nuit.

Mamie me trouve drôle, mais elle me prend au sérieux. Elle veut en savoir plus. Je lui révèle mes aventures dans les moindres détails.

— Sans toi, je ne pourrai pas rencontrer d'Artagnan.

Mamie réfléchit un instant et accepte de m'aider. Je savais que je pouvais compter sur elle. Elle me propose même un plan:

— Si tu le joins à dix-sept heures sur Cyberami, on pourrait lui fixer un rendez-vous pour demain. Pourvu que tu sois vraiment décidée.

— Plus que jamais, fiou!

— As-tu pensé que vous pourriez être déçus l'un de l'autre?

Une peur soudaine m'envahit:

— Tu crois que je ne lui plairai pas?

— Loin de là, Sophie! Mais comment réagira-t-il en découvrant que tu n'as pas treize ans?

Aïe! c'est vrai! Je ne pourrai plus lui cacher mon âge.

— Et peut-être que lui non plus n'a pas treize ans, ajoute

Mamie. Peut-être qu'il en a six, ou quarante!

Elle a perdu la raison.

— Voyons, Mamie, il me parle sans cesse de ses parents qui lui donnent des ordres. Il ne peut pas avoir quarante ans.

— Je suis sans doute trop méfiante, Sophie. Pour moi, Internet est la caverne d'Ali Baba.

Qu'est-ce qu'elle raconte?

— Ce n'est pas Ali Baba que j'ai rencontré, Mamie, c'est d'Artagnan.

Elle éclate de rire. Puis elle redevient sérieuse:

— Je veux dire qu'Internet est rempli de trésors, Sophie. Et que cela attire les pirates de toutes sortes. Ils sont habiles à tromper les gens. Il faut être prudent.

Le reste de la journée, on ne parle plus d'Internet. On s'amuse et on rit. Tellement que j'oublie d'Artagnan. C'est Mamie qui m'entraîne vers l'ordinateur.

— Il est dix-sept heures cinq, Sophie. D'Artagnan doit attendre de tes nouvelles.

Je suis un peu étonnée:

— Tu es toujours d'accord pour m'aider à le rencontrer?

— Pourquoi pas? À moins qu'il ne change d'idée quand tu lui auras appris la vérité.

Mamie y tient vraiment. Je lance un appel à d'Artagnan et je me prépare à lui avouer mon âge…

5
Sophie démasque d'Artagnan

Mamie me reconduit à la maison. Elle roule en silence pendant que je réfléchis à ce qui s'est passé hier.

Je n'ai rien avoué à d'Artagnan, parce qu'il n'est pas venu à notre rendez-vous sur Cyberami. Pas plus qu'aujourd'hui, d'ailleurs. Aucune trace de lui.

Je suis déçue, c'est certain. Mais j'ai moins de peine que je ne l'imaginais. On dirait que je suis plus triste de quitter Mamie. Surtout quand je pense que je retourne en prison.

Grrr, on est déjà arrivées.

Mamie éteint le moteur et elle reste assise au volant. Elle va peut-être me proposer de me ramener chez elle! Ah non, elle m'annonce sur un ton grave:

— J'ai un aveu à te faire, Sophie. Moi aussi, je te dois la vérité.

Et là, elle m'apprend une chose incroyable! Mes parents étaient au courant au sujet de d'Artagnan. C'est Laurent qui les a renseignés. Il avait lu ma dernière correspondance sur Cyberami.

— Tes parents étaient inquiets, poursuit Mamie. Ils m'ont téléphoné pour que je t'invite…

— Quoi! Vous avez tous comploté contre moi!

Je suis scandalisée!

— Plus personne ne pouvait te parler, Sophie. Ni même t'approcher. Un porc-épic!

Peu à peu, Mamie réussit à me calmer. Puis je me rappelle l'intervention de Laurent à propos de l'examen. Et ma conduite épouvantable avec le pauvre Julien.

En sortant de la voiture, je me sens mal dans ma peau. Je me demande comment ils vont m'accueillir. J'aperçois alors Julien à la porte de la maison. Il me regarde approcher, un peu méfiant. Puis il se tourne vers l'intérieur en criant:

— C'est Sophie! C'est elle! Sophie est de retour!

Il a tout compris, le petit génie. Il a deviné tout de suite que j'étais redevenue sa grande soeur. Vous ne pouvez pas savoir comme je suis contente! Et, au fond de moi, je me dis que mes frères sont plus importants que d'Artagnan. C'est certain, fiou.

* * *

Le lendemain matin à l'école, je suis aussi contente de retrouver mes amis. Je vais pouvoir les épater. J'en ai long à raconter au sujet d'Internet.

— Tu viens, Sophie! m'apostrophe Clémentine.

Elle me saisit par le bras et m'entraîne à l'écart. Non mais, qu'est-ce qu'il lui prend?

— Tu pourrais me demander mon avis avant de…

— Justement, dit-elle, j'ai besoin de toi!

Elle semble surexcitée.

— J'ai donné rendez-vous à quelqu'un.

— Et alors?

— À quelqu'un que je ne connais pas. Tu sais, le garçon formidable dont je t'ai parlé.

— Ton correspondant d'Internet!

— Je dois le rencontrer après l'école, dans le parc qui est à côté.

Je ne reconnais plus Clémentine.

— Tu es inconsciente! C'est imprudent, voyons!

— Pas si tu m'accompagnes. À deux, il n'y aura aucun danger.

Je dois la ramener sur terre. Et pour une fois que je peux lui faire la leçon, à la p'tite parfaite.

— Je suis peut-être trop méfiante, Clémentine. Pour moi, Internet est la caverne d'Ali Baba.

Je prends le temps de lui expliquer. Sans succès. Elle s'entête:

— Je suis sûre que d'Artagnan n'a pas quarante ans.

— Hein! D'Artagnan! C'est lui, ton correspondant!

Je n'en reviens pas! Je suis assommée. Mais devant l'air pâmé de Clémentine, je sens la colère monter en moi. Je lui jette la vérité en pleine face:

— Ton d'Artagnan est un menteur, un hypocrite, un pirate!

Je n'ai aucune pitié:

— Et quand il a vu que ça ne marchait pas avec moi, il a essayé avec quelqu'un d'autre.

Je crois qu'elle a enfin compris. Elle redevient une petite souris peureuse:

— Tu m'as probablement sauvé la vie, Sophie.

Je réfléchis un moment et je lui dis:

— Il faut démasquer d'Artagnan. Tu vas aller à ton rendez-vous avec lui. Ne t'inquiète pas, j'ai un bon plan…

* * *

Mamie nous attend à la porte de l'école. Elle a apporté son arme préférée: son parapluie.

— D'Artagnan n'a qu'à bien se tenir, fait-elle en esquissant un mouvement d'escrime.

Elle se met en marche d'un pas décidé. Puis elle s'arrête, soudain inquiète:

— Je ne voudrais pas commettre une erreur. Comment reconnaître d'Artagnan?

— Il y a pensé, répond Clémentine. Il m'a prévenue qu'il

porterait une casquette orange et qu'il m'attendrait près du kiosque à musique.

— Ça devrait suffire pour l'identifier, réfléchit Mamie. Allons-y, les enfants!

On entre dans le parc comme de simples promeneurs. L'air de rien, on observe les passants. Tout à coup, Mamie ralentit le pas et nous désigne un homme:

— Je crois que c'est lui.

Un vieux monsieur est assis sur un banc près du kiosque. Il regarde partout et il a une casquette, mais elle ne me semble pas vraiment orange.

Mamie, elle, n'a aucune hésitation.

— Attendez-moi ici, fait-elle en se dirigeant vers l'homme.

Elle commence à parler avec

lui quand j'aperçois une casquette orange fluo. L'homme qui la porte a jeté un oeil dans notre direction et il a reculé derrière le kiosque. C'est d'Artagnan, j'en suis sûre.

J'avertis aussitôt Mamie, qui n'en finit plus de s'excuser auprès du vieux monsieur.

— Vite, Mamie, d'Artagnan va nous échapper!

On se précipite vers le kiosque, Mamie d'un côté, Clémentine et moi de l'autre, afin d'encercler d'Artagnan. En le voyant, je reçois le plus grand choc de ma vie.

Puis je deviens folle de rage. Je m'empare du parapluie de Mamie.

— Arrête, Sophie! hurle-t-elle. Tu vois bien que c'est un garçon inoffensif.

— Inoffensif! Pierre Lapierre! Le dur de dur qui se moquait de nous!

— Et de nos niaiseries, s'enflamme Clémentine. Quand je pense à toutes les déclarations que tu m'as faites sur Cyberami, à moi, Bella.

— Bella, c'est toi! s'exclame Lapierre.

— Et moi, Fisso!

Un moment ahuri, Lapierre reprend le dessus et nous accuse à son tour:

— Vous êtes deux belles hypocrites!

Il s'avance vers nous, l'air menaçant. Mamie saisit son parapluie et lui ordonne en rigolant:

— Halte-là, d'Artagnan, sinon tu goûteras à la pointe de mon épée.

Elle continue sur un ton amusé:

— Si je comprends bien, vous êtes une bande de menteurs. Tous les trois.

Et elle éclate de rire. Et elle rit, elle rit! Tellement que l'on commence à rire nous aussi. Et quand on cesse enfin, Mamie trouve les bons mots pour clore nos mésaventures d'internautes:

— Après cette expérience, dit-elle, je crois que vous pouvez entrer dans la caverne d'Ali Baba sans crainte. Vous êtes prêts à en découvrir toutes les merveilles.

Table des matières

Achevé d'imprimer en octobre 2006
sur les presses de l'imprimerie Gauvin,
Gatineau, Québec